W0238998

FSC
www.fsc.org
MIX
Papier aus verantwortungsvollen Quellen
FSC® C081623

1. Auflage 2014
© 2014 Magellan GmbH & Co. KG,
Laubanger 8, 96052 Bamberg
Alle Rechte vorbehalten
ISBN 978-3-7348-2004-5

www.magellanverlag.de

Ferdinand auf großer Fahrt

Anna Weber

Christian und
Fabian Jeremies

magellan

Das ist Ferdinand. Ferdinand mag sein Zuhause und Käse und seine Freunde. Aber was Ferdinand noch mag, sind Abenteuer. Deshalb kauft er sich ein Zugticket.
„Ich fahre in die große, weite Welt“, ruft er seinen Freunden zum Abschied zu. „Dort gibt es jede Menge Abenteuer!“
In Ferdinands Bauch fängt es herrlich an, zu kribbeln, so sehr freut er sich.
Auf die große, weite Welt und die vielen Abenteuer, die dort auf ihn warten.

Magellan
Express

„Entschuldigung“, sagt Ferdinand zu dem Herrn im Ringelpulli. „Ich glaube, Sie sitzen auf meinem Platz.“
Der Herr schüttelt den Kopf. „Das hier ist Wagen eins. Dein Platz ist in Wagen elf! Du musst einmal durch den ganzen Zug!“
„Na, das Abenteuer fängt ja gut an“, denkt Ferdinand.

WC
besetzt

Ferdinand staunt. „Wo bin ich denn hier gelandet?" Alles ist ganz dunkel und ruhig. „Da mache ich doch erst mal ein Nickerchen. Damit ich schön ausgeruht bin für meine Abenteuer." Als er fast eingedöst ist, macht es kchrzzzprrrbitzbüüü! neben seinem Ohr. Ferdinand springt auf. Besser, er macht sich wieder auf den Weg. Schließlich ist es ja noch weit bis zu seinem Platz!

Bitte RUHE!

Ferdinand schnuppert. „Mmmh, lecker! Zu dumm, dass ich noch bis ans andere Zugende muss." Er will schon weitergehen, da brrrgrrr! knurrt etwas. Das war sein Magen!

„Hm, vielleicht ist es am vernünftigsten, ich bleibe noch ein bisschen", überlegt Ferdinand. „Man sollte schließlich nie hungrig in ein Abenteuer starten!"

„Juhuuuu!“, jubelt Ferdinand. Eigentlich hat er ja noch einen weiten Weg vor sich. Aber hier kann er hervorragend für die vielen Abenteuer trainieren, die auf ihn warten.
„Achtung! Aus der Bahn!“ Ferdinand klettert, schaukelt und hüpft, bis er ganz außer Puste ist.
„Jetzt … bin ich fit … für die große, … weite Welt“, japst er.

„Eine kleine Dusche gefällig?“, fragt eine tiefe Stimme, als Ferdinand den nächsten Wagen betritt.
Ferdinand denkt nach. „Eigentlich keine schlechte Idee“, findet er. „Frisch gewaschen lassen sich Abenteuer sicher viel besser erleben!“

„Oh", staunt Ferdinand und blinzelt in die warme Sonne. Klar, er sollte eigentlich weiter zu seinem Platz. Aber vorher muss er unbedingt noch auf den Sprungturm. Ferdinand will sich zum ersten Mal vom Fünfer trauen! „Alle großen Abenteurer sind nämlich mutig und bestimmt schon mal vom Fünfer gesprungen!" Da ist sich Ferdinand sicher.

5 Meter
1€
2 €
100€

„Das ist bestimmt der Gepäckwagen.“ Ferdinands Herz klopft vor Aufregung. Natürlich darf man in fremden Koffern nicht herumwühlen. Aber was ist mit geheimnisvollen Holztruhen? „Große Abenteurer spazieren sicher nicht einfach an Schatzkisten vorbei, ohne wenigstens kurz hineinzugucken …“

ACHTU

Ferdinand weiß, dass er noch ziemlich weit laufen muss. Aber seine Füße sind plötzlich ganz schwer. „Na gut“, seufzt Ferdinand. „Dann sollen meine Füße eben eine Pause haben. Und solange lese ich eine spannende Abenteuergeschichte! Das ist bestimmt sehr nützlich, da ich doch selbst bald einen Haufen Abenteuer erleben werde.“

„Einmal Achterbahn fahren?“, fragt die Dame mit Hut. „Keine Zeit“, antwortet Ferdinand. Aber dann denkt er nach: „Wer Abenteuer in der großen, weiten Welt bestehen will, muss mindestens einmal Achterbahn gefahren sein. Und es schadet sicher auch nicht, noch ein paar gebrannte Mandeln zur Stärkung zu futtern.“

„Darf ich bitten?“ Ferdinand hat gar keine Zeit, zu antworten, schon wird er über die Tanzfläche gewirbelt. „Ein echter Abenteurer darf nie schlappmachen!“, jauchzt Ferdinand. „Egal, wovon er überrascht wird!“

DIE
CHaCHa's

„Hier ist ja mein Platz!“ Ferdinand sinkt in den Sitz. Plötzlich ruft der Schaffner: „Wir sind da!“ Aber seltsam … Ferdinand hat gar keine Lust mehr auf die große, weite Welt. Er hatte ja schon so viele Abenteuer. „Ich fahre einfach wieder zurück.“ In seinem Bauch fängt es herrlich an, zu kribbeln, so sehr freut er sich. Auf Zuhause und seine Freunde, die dort auf ihn warten.

WC
Schwarz-fahrer !!!
TICKET
LUCKY♥
KAPUTT! Bitte ganz nach vorne GEHEN!!!